엄마들은
성자다

도서출판

배순정 시집

엄마들은 성자다

초판인쇄 ┃ 2019년 11월 20일　**초판발행** ┃ 2019년 11월 25일　**지은이** ┃ 배순정　**편집주간** ┃ 배재경　**펴낸이** ┃ 배재도
펴낸곳 ┃ 도서출판 작가마을　**편집** ┃ 김종운　**표지** ┃ 김종운　**인쇄** ┃ 신우정판　**제본** ┃ 광명제책사
등록 ┃ 2002년 8월 29일(제 02-01-329호)
주소 ┃ (48930)부산광역시 중구 대청로 141번길 15-1 대륙빌딩 301호
　　　T.(051)248-4145　F.(051)248-0723　　　전자우편 / seepoet@hanmail.net

ⓒ 2019. 배순정　ISBN 979-11-5606-136-6　　03810
정 가 / 15,000원

이 도서의 국립중앙도서관 출판예정도서목록(CIP)은 서지정보유통지원시스템 홈페이지(http://seoji.nl.go.kr)와
국가자료종합목록 구축시스템(http://kolis-net.nl.go.kr)에서 이용하실 수 있습니다.
(CIP제어번호 : CIP2019046524)

※ 잘못된 책은 구입 서점에서 교환됩니다.

엄마들은 성자다

배순정 시집

도서출판
작가마을

시인의 말

발품으로 쓴 이 시집은 울음이다.

저의 울음이고, 엄마의 울음이고, 자궁의 울음이고, 딸의 울음이고, 아들의 울음이고, 장애인의 울음이고, 노인의 울음이고, 노숙인의 울음이고, 유목민의 울음이고, 보험설계사의 울음이고, 민초들의 울음이고, 망국의 울음이고, 모국어의 울음이다.

푸른 기와집에서 미역국을 끓여드리고 싶었던 엄마!
엄마께 이 시집을 바친다.

2019년 겨울 초입에

배 순 정

목차

배ㅣ순ㅣ정ㅣ시ㅣ집

제 1 부
뿌리

엄마들은 성자다

배ㅣ순ㅣ정ㅣ시ㅣ집

엄마들은 성자다

배|순|정|시|집

제 4 부

밥그릇

엄마들은 성자다

배ㅣ순ㅣ정ㅣ시ㅣ집

제1부

뿌리

사랑

수행자에게 물었더니
정진이 어려운 일이라 했다

예술가에게 물었더니
창작이 어려운 일이라 했다

가장에게 물었더니
어려움은 사랑이라고 했다

소녀를 보내며

절규는 유구하다
공녀
화냥년
위안부
기지촌
다 김복동의 다른 이름이다

숭고한 소녀가
소녀상으로 그친다면
소녀들은 죽어서도 구천을 헤맬 것이다

수많은 김복동을 만들었던 찌질한 지배층이
오늘도 전시작전권 환수를 거부하고
방위비 분담금 국민모금 운운한다

내 나라는 내가 지켜야
다시는 김복동을 만들지 않을 터
국책도 내가 만들어야
다시는 환난을 당하지 않을 터

아동

눈을 말똥거리면서
손발은 가만히 있지도 않고
어깨를 들썩이며 끊임없이 말을 건다
엄마에게
올챙이에게
나비에게
들풀에게
나락에게
코스모스에게
별에게

산과 들과 바다에서 뛰어놀아야 할 아동들이
실내에서 배운다고 여념이 없다
그림을
노래를
글자를
외국어를
남의 민족 역사를

하나 되기

수천 년을 하나로 지냈는데
한 번 싸웠다고 갈라설 수는 없다

피도 통하고
말도 통하고
글도 통하고
역사도 공유한다
일본을 향해서도 하나가 될 수 있다

김정은은 사과해야 한다
조부가 일으킨 전쟁에 대해 사과해야 한다
그대의 사과는
조부의 대일항전을 남쪽에서도 빛나게 할 것이고
겨레가 하나 되게 할 것이다

한글문화권

어느 지역에 가면
불천위가 수십 위라고 자랑이 대단하다
외침을 당하거나
수탈에 지쳐 봉기한 농민을 진압할 때도
외세를 불러들였던 지배층이
죽어서도 지배층일까
하기사 문중마다 일 년에 한 번 씩은
시사를 지내니
불천위가 아닌 망자는 없다

불천위를 넘어
배달의 족보를 찾아보면
광활하다
창힐도 배달의 가지이고
복희도 배달의 핏줄이다
공자는 동이족이었다

살 길을 찾아, 온 지구로 뻗어나간
배달을 찾아서
생활상이나 열전이나 세가를 한글로 엮어보면
한반도 안팎에서 한글문화권이 전개될 것이다

한글

훈민정음 반포는 언어주권 선포였다
그 이전에 가림토로 존재했다는 우리 글은
한자패권에 대한 세종의 결기로 탄생했다
언문
언서
암클로 불리어지며
주인 대접을 받기까지
얼마나 지난했던가

방탄소년단은 한글로 세계무대에서 노래한다
선각자들은 끊임없이 패권에 도전하는데
지식인들은 오늘도 외국어 종 몰이에 여념이 없다
거리는 한자에서 알파벳으로 바뀌었다

사대가 언제 끝나려나

한자

수천 년 동안 기록 할 때 사용했다
배달의 핏줄인 창힐이 만들었다고 하는데
중국에 정착했다
한글에 밀리기는 하나
선조들의 삶을 담아 낸 한자를 폐기할 수는 없다
영어에 밀려 대학에서 전공으로 만나는 것은
너무 늦다
영어는 초급 정도로만 보편화 하고
한자를 비롯한 여러 외국어를
중등교육에서 선택할 수 있어야
학문의 균형발전을 기대할 수 있지 않을까

적재적소

국어도 잘하는데 외국어도 잘한다
스페인어
포르투갈어
터키어
우즈베키스탄어
카자흐스탄어
아랍어
인도어
태국어
인도네시아어
베트남어
잘 할 수 있는 외국어가 셀 수 없이 많은데
한국 땅이든 수출지역이든
영어 일색이다

한글에 베트남어
한글에 인도네시아어
한글에 태국어

한글에 인도어
한글에 아랍어
한글에 카자흐스탄어
한글에 우즈베키스탄어
한글에 터키어
한글에 포르투갈어
한글에 스페인어
수출 지역마다 한글에다 현지어를 병기하면
인재들에게 일자리도 생길 텐데

정명

석가의 아류들이 국교를 만들어 나라를 망쳤다
공자의 아류들도 국교를 만들어 나라를 망쳤다
예수의 아류들은 자본을 국시로 삼아 말세를 만들었다

나반과 아반의 후예
환인과 거발환과 왕검과 해모수와 소서노와 대조영의 나라이며
복희와 치우와 광개토와 원효와 서희와 세종과 이순신과 최제우와
김구와 주시경과 김두봉과 최현배의 나라인
동방에도 문명은 있었나니

극동을 중심이라
바른 이름을 붙이는 날
사대는 끝나리라

언어

사고체계다

한자 패권국은 수천 년 동안
외국어 공부에 열을 올리지 않았다
영어 패권국도
외국어 공부에 열을 올리지 않는다
자국어가 공용어가 아니어도
외국어 공부에 열을 올리지 않는 나라도 있다
치열하게 모국어로 사고하여 이치를 터득한다
20대 박사도 수두룩하다

뼛속 마디마다 사대로 물든 나라는
외국어 종 몰이에 여념이 없다
삼류 학문을 추종하며 곡학아세도 한다

영어

알파벳이 틀리면 부끄러워하면서
한글이 어긋나는 것에는 부끄러워 할 줄 모른다
영어가 유창하지 못하면 주눅이 들면서
국어가 어긋나는 데는 관대하다

밥벌이가 될까봐
교양인이 될까봐
청춘을 바친 영어 공부가 실상은 종 몰이였는데
오늘도 교육은 종 몰이 시연장이다

영어에 소모되는 에너지를
십분의 일만 국어에 쏟아도
나라가 바로 서고
셰익스피어가 부럽지 않을 텐데

미역국

동생을 낳은 엄마는
제왕 상 옆에 누워
미역국에다 쌀밥을 받아먹는 호강을 누렸다

그 미역국과 쌀밥은
식구들의 생일에도
제왕에게 고해진 뒤에 성찬으로 나왔는데
내 생일은 할머니와 같은 날이라
이웃 사람들까지 포식을 했다

어느 날 엄마는
미역국을 스스로 조용히 끓여 드셨다
부뚜막에서

가족

싸움만 하는 걸로 비쳤던
아버지와 엄마를
동네 사람들은 잉꼬부부라고 불렀다

활화산을 품고 사는 할머니에게 치인 엄마를 아랑곳하지 않고
할머니 역성만 드는 아버지께 항의를 했더니
"엄마를 생각할 날은 따로 있을 것이다."
짧게 말씀하셨다

세월이 흐른 뒤 아버지는
십 년을 몸져누웠다가 돌아가신 할머니를
염을 하고 입관을 하고 꽃상여에 태워
"어무이, 아부지 곁에 가서 편히 쉬시다."
하며 울컥하셨다
모진 시집살이에다 농사를 지으면서 병수발까지 감당한 엄마는
곡을 하다가도 손님을 맞고
노제와 장지의 제물도 차리셨다

할머니를 산에 묻고
엄마는 영위를 모시고 집으로 돌아가고
마지막까지 봉분을 다지다가 괭이를 맨
아버지 뒤에는 큰오빠가 삽을 매고 뒤따르고
큰오빠 뒤에는 내가 딸을 업고
산에서 줄지어 내려왔다

"이러다가 인생 다 갔다."
아버지께서 독백하셨다

고향

언제나 가고 싶은 고향 길이
부모님이 안 계시니
천리 길이네

갱물 들이키며 개혜엄질로 멱을 감다가
몸이 으스스해지면
태양열 듬뿍 받은 모래밭으로 나와
동네 친구들이랑 나란히 누워 찜질했던

몸이 추스르지면
다시 바닷물 속으로 돌진하여 자맥질하다가
재수 좋은 날은 묶여있던 목선을 풀어
한 길이 넘는 곳까지 밧줄을 타고 몰고 가서
다이빙 하다가 배치기도 했던

밤이면 쏟아지는 별빛을 받으며
백사장에 누워 북두칠성을 찾기도 하고
은하수를 따라 견우와 직녀의 만남을 고대하기도 했던

바다가 달빛을 받아내는 날은
억조창생의 비밀이 서려 있던

안개 낀 날
노를 저어 바다로 나가면
망볼산 아래 *망넘은
태실이었다

---

*망넘 : '망 너머 있는 마을'에서 유래됨.
　　　 망후촌(望后村)이라고 불리어지기도 했음.
　　　 현재의 지명은 송남마을.

딸에게

보채는 아기에게는 엄마 젖

달래고 달래서 기저귀도 갈아 준다
*배내 짓을 하다가도
손이 닿으면 저절로 기지개를 켜는 아기에게
"쭈욱 쭉" 추임새를 넣어 주고
옹알이를 하면
"으응 그래 으응 그래"하며 대화 한다
목을 가누다가 생애 첫 뒤집기에 성공하면
탄성을 지르고
기어 다니다가 일어서더니 마침내 걸음마를 떼면
손뼉을 치며 환호한다

"젖을 먹이면 목이 끊어질 듯 아프니라"
공감해 주던 외할머니가
아기가 울면 "어부바"하며 등을 내민다
심심한 아기는 아빠 목에 매달리기도 하고
버릇을 모른 채 할아버지 무릎 위에도 올라간다

사랑을 먹고 커야 할 아기가 시설로 내몰렸다
보채다가 징징대다가 자지러지다가 자부라진다
육아 이론과 밥벌이에 저당 잡혔다

* 배내 짓 : 현행 문법으로는 "배냇짓"으로 표기해야 하나
시인의 요청에 의해 "배내 짓"으로 표기

번역

말은 '엄마'라 하면서 글로 표현할 때는 母라고 썼다
일상이 번역이었던 셈이다
수천 년을 그렇게 했다
위대한 세종이 한글로 구원을 했는데도
공자의 아류들은 구원을 받아들일 줄을 몰랐다
백성보다도 군주보다도 중화사상을 더 받들었다

요즈음은 일상을 전자로 번역한다고 난리다
문맹으로 내몰고 성을 구축한다
부화뇌동하기는 국가도 마찬가지다
한자는 기록이라도 영원히 남겠지만
전자 기록이 영원할까

조카에게

하늘과
땅이
어우러져
너는 탄생했다

자라고 있다
은혜 속에서

지혜로울 것이다
산천초목이 기도하니

보살핌

엄마 품은 아들신앙도 잠재웠다
서슬 퍼런 할머니의 기상도
엄마가 방패막이었다
넷이나 되는 아들 형제 속에서 고명딸이었던 나는
엄마가 있어서 자존감이 지켜졌던 셈이다
언제나 나의 몫을 챙겼고
학업에도 차별을 두지 않았다
오히려 타고난 자질을 키워 주려 애썼다
중학교 삼학년인 나를 할머니와 함께 큰오빠에게 맡겨
부산에서 공부하게 했다

할머니의 아바타로 느껴졌던 아버지를 싫어한 적이 있다
대학진학에 목매었을 때는 아버지에 대한 원망이 극에 달했는데
철옹성의 한 축이었던 삼촌의 영향부터 막고자
아버지의 반대를 무마시켜달라는 부탁을 역으로 했다

투쟁을 해야만 기회가 생겼던 내게
오빠들은 힘이었다

집안을 이끌었던 큰오빠는 나를 돌보며
열여섯 살 아래의 막내 동생도 중1이 되자 거두었다
함께 산 큰언니의 노고가 컸다
작은오빠는 배를 타며 등록금을 마련해 주었다
내 또래의 수많은 친구들이 낮에는 공장에서 일을 하다가
밤에는 산업체 특별학급에서 공부를 해야 했는데
나는 부모님에 이어 오빠들의 보살핌까지 받으며
우리 사회로부터 수혜를 입었다

아들들에게

군 입대를 생각해 본 적도 없는 내가
여학생에게 학군단을 개방하는 것을 보고
딸에게 권했더니 시큰둥했다

아버지는 군 미필자라 앞길이 막혔다는 말씀을 하신 적이 있다
지아비를 일찍 잃은 할머니가
아들을 전쟁터로 보낼 수 없어 발 빠르게 숨겼는데도
결국은 붙잡혀 징집소에 갔는데
점호를 하던 교관이 앞 사람과 아버지를 부르더니
"뒤돌아 서. 앞으로 가!" 명령했단다
줄 선자리가 유력자의 뒤였다나

삼촌은 월남전에 자원하여
논을 샀다

아들을 둘이나 전쟁터에서 잃은 외할머니는
외가에서 일찍 돌아가실까 봐 염려를 받았다
한 맺힌 목숨이 산 자를 보살핀 것이다

전쟁 중도 아닌데
군 사고로 사상자 소식을 들을 때마다
딸만 둘 가진 나는 아들들에게 빚진 마음이다
자주국방을 다짐할 때마다 빚진 마음이다

아버지

이장을 하며 농사를 지으셨다

초가지붕이 천지이던 시절에 위채를 양철지붕으로 바꾸고
논을 날린 뒤에는 아래채를 슬레이트 지붕으로 갈았다
집의 구조도 세월 따라 여러 번 개조했고
때가 되면 도배도 하고 페인트도 칠했다
여름이면 엄마가 장사 할 천막도 쳤다
어마어마하게 큰 뒷간에서
몇 년 삭힌 똥을 똥장군에 퍼 담아
지게에 지고 두엄 밭으로 나르기도 하셨다

홀어머니의 장남으로 동생들 교육도 시켰다
누구의 집에서도 볼 수 없었던
책걸상과 앉은 책상이 아래채의 공부방에 나란히 있었는데
아버지의 동생들에 이어 자식들까지 사용했다
위채의 엄마 방에는
예쁜 이불장과 옷장이 안쪽을 차지했고
벽에는 매혹적인 그림이 걸려 있었다

막내의 공부도 봐 주고
육성회 간부도 했다
열병으로 지능이 덜 자란 아들 걱정에
밤새 기와집 몇 채를 지었다 부수었다를
되풀이 하셨다

먹물로만 느껴졌던 아버지의 모습이
남편이 가고 나니
보인다

어머니

텃밭에서 상추에 물을 주며
참 사랑스럽다
장에서 돼지새끼를 사서 품에 안고 오면서도
참 사랑스럽다
머슴을 하며 밥을 얻어먹던 떠돌이가
행여 우리 집 대문 앞에 우두커니 서 있을까 봐
밥을 남겨 놓으면서도
불쌍한 것
가을걷이가 끝나고 첫 방아를 찧은 뒤
햅쌀을 한바가지 퍼서
논이 없는 집으로 나를 심부름 보내셨다

어머니의 자식은
배 아파서 낳은 다섯 만이 아니었다

우리를 키운 것은
만사만물을 품은 사랑이었다

새해

느리게
느리게
흐르는 게 갑갑해서 탈출했는데
빛보다 빠른 세상이 비웃는다

아버지, 엄마의 느릿느릿함이
갑갑해서 뛰었는데도
딸들에게 구석기 사람이 되어버렸다
몇 번이고 빛의 속도에 맞추려다
가랑이가 찢어지고 혼이 빠지고 유산을 잃고 나니
아버지, 엄마가
할아버지, 할머니가 생각난다

할머니

아들신앙으로 똘똘 뭉친 할머니는
42세에 홀로 되어
엄마에게는 활화산이었고
손녀조차 꺾으려고 해 화석을 남겼다
고모는 세뇌되어 상처 입은 줄도 모른다
동네에서도 아무도 범접하지 못했다
출중한 미모에
제사장 같은 언변에
호랑이 같은 기상에
당해낼 자가 아무도 없었다
문맹의 할머니가 글까지 알았다면
천하도 어쩌지 못했을 것이다

나들이하실 때는
손녀를 시자처럼 앞세웠는데
비녀를 꽂고
안경을 끼고
치마저고리 위에 세련된 양장코트까지 걸치고서

버선에 고무신을 신으셨다

그런 할머니가
양 옆에 누운 손주들에게 젖을 내어주었고
손녀가 시집을 가자
몸져누워서도 쌀통을 마련해 주셨다

시린 기억 속에
할머니부터 가족 소개할 수 있어서 행복했다
강아지는 있어도
할아버지 할머니가 없는 요즈음에

할아버지

제사로만 만났다

손녀가 군침을 삼켜가며 말렸던 곶감을
할머니가 제상에 올리면서
증조부가 조부에게 일만 시켰다고 투덜거렸다
증조부 보다 먼저 세상을 떠난 조부는
어진 성품에 미남이셨다고 한다

멥쌀을 들고 할머니를 따라 큰집의 증조부 제사에 가면
은혜를 입은 자손들은 증조부의 유식함을 마르고 닳도록 이야기 했고
소원했던 자손들은 시큰둥했다
고등법원장을 지낸 친척은 증조부가 서울에서 태어났더라면
정승을 하고도 남았을 것이라고 했다

할머니를 따라 종가에 가서는
누구의 제사인 줄도 모르고 정중동 했다
마을 중앙의 높은 곳에 자리 잡은 종가는
기와지붕에다 아래채와 행랑채를 거느리고

마을과 바다를 내려다보았다
선무공신록권과 고성읍지와 배씨세헌에
임진왜란 일등공신으로 기록된 '웅'자 '춘'자 할아버지도
남해로 들어오신 뒤에 이곳에서 사셨을까
망볼산에서 왜구가 침입하는지 노심초사 하셨을까
순절하시고도 망볼산을 떠나지 못했던
할아버지

행장기

일흔아홉 해 동안 씨를 뿌렸다

풍족한 집안의 막내로 태어나
청실홍실 수를 놓으며 꿈을 그리던 처녀가
사대가 훤칠하고 먹물인 총각에게
꽃가마를 타고 시집을 왔다

첫닭이 울면
동네에서 제일 먼저 우물가로 가서 세수하고
두레박으로 물을 길어 물동이에 가득 채운 후
머리 위에 똬바리를 받쳐 물동이를 이고 집으로 돌아와서
부뚜막과 장독에 정화수를 먼저 올렸다

길쌈도
베를 짜는 일도
아버지의 두루마기를 마름질 하는 일도
나의 유희복도
다 엄마의 손끝에서 나왔다
손수 빚은 막걸리는

마시는 사람마다 찬탄을 했다

논두렁과 밭이랑에 하루 종일 살다가도
비릉에서 굴을 까고
갯벌에서 조개와 고동도 캤다
쇠마당에서 땔감을 마련하고
삼 십리 산속을 헤매며 장작을 장만하기도 했다

별을 이고 나서는 엄마의 머리 위에는
장작도 이고 남새도 이고 감도 이고 있었다
양파 씨를 파는 날은 며칠씩 원정을 나가기도 했다
골목골목을 누비다가 돌아오는 길에는
삼촌들과 오빠들의 월사금이 손에 쥐어져 있었다

시동생을 자식처럼
활화산을 품고 사는 시어머니를 운명처럼
열병으로 지능이 덜 자란 자식을 멍에로
걸인을 손님처럼
가축도 가족처럼

일본어를 국어로 배워
한글맞춤법에 맞지도 않는 글을 쓰며
한을 삭이기도 했다
밭을 매다가도
바래를 하다가도
노래로 한을 토해내었다

가계가 무너져도 씨를 뿌렸다
아들이 큰 인물이 되어도
고집스럽게 호미를 들었다
병마가 찾아와 기진맥진해도
악착같이 씨를 뿌렸다

병상의 엄마께
"또 농사지으실래요?"
"농사를 짓지 않으면 폐물이다."
화려한 부활을 꿈꾸셨다

제 **2** 부

자연

나목

발갛게 달아오른 하늘이
벌거숭이 가지 위에 앉아
다정스레 석양을 물들인다

나목은
초승달을 목에 걸고
처연하게 서 있다

앙상한 가지를 뻗어
별들을 헤집다가
은하에서 오작교를 찾아본다

허공에 손짓한다

똥

요람이었다
뱃속에서 나와 젖을 먹고
기저귀를 차고 기어 다니다가
홀로서기까지는

긴긴 세월
어미의 사랑을 먹고 사람 구실 하다가
중년을 지나 병마가 찾아오면
젖먹이 때 차던 기저귀를 다시 찬다
때로는 몸과 손이 묶인 채로
다시 찬다
밥을 먹다가도 기저귀를 갈아 주던
어미의 손길은 없고
차가운 낯선 손에 엉덩이를 맡긴다

애기 똥은 요람
노인 똥은 고려장

고독

맑은 공기 마시러 간다
흙을 밟고 싶어서 간다
햇살이 좋아서 간다

어울려 땔감 하러 가던 길
엄마랑 밭에 가던 길
친구들이랑 학교 가던 길

우중에도 산에 간다
어울리고 싶어서

너에게

몸은 영혼을 담는 그릇
몸의 상처는
영혼에도 상처를 입힌다

영혼이 몸을 지배한다 함은
몸의 한계를 모르는 것

몸에 탈이 나면
영혼도 탈이 난다
몸이 외로울 때면
영혼도 외로워진다

성자

아기를 낳을 때 성자가 된다
하나도 아니고 생길 때마다 아기를 낳은
우리네 엄마들은 다 성자다
자궁이 없는 자들은
득도다 신이다 학문이다로 성을 쌓고서야 성자로 추존되지만
우리네 엄마들은 본성으로 다 성자가 되었다
자연에 순응하여 다 성자가 되었다

생기는 대로 아기를 낳은 성자는
이혼할 줄도 모른다

자궁

깨달음도
신도
여자가 아기를 낳는 일만 할까

득도든 구원이든
다
자궁이 없는 자들의 아우성이다
피비린내 나는 살육의 역사도
자궁이 없는 자들의 생채기다

자궁을 유폐하고
새로운 전쟁을 한다

자연

나는 자연이다
너도 자연이다

나고 늙고 병들고 죽는 것도 자연
먹고 자고 배설하고 생식하는 것도 자연
자연이 자연스럽게 굴러가지 않으니
탈이 난다

비행기를 타고 날아가도
자연은 자연이다
우주선을 타고 지구를 한 바퀴 돌아도
자연은 자연이다

우주도 자연이다

기침 소리는

노름방의 자욱한 연기 속에서
희로애락의 놀이패 속에서
폐가 숨을 쉰다

니코친과 알코올이
혈관을 타고
몸의 구석구석을 침투하여 똬리를 틀 때
오장육부가 소리 없이 무너진다

폐가 흐느끼면
간이 흐느끼면
혈관이 흐느끼면
심장이 흐느끼면
뇌가 흐느끼면

자만하지 마라
오장육부가 언제나 푸른 줄 아느냐

기침 소리는
몸의 통곡

봄비

대지는 봄비인데
불도저가 서 있다
비가 와도 걱정 안 와도 걱정
짚신장수와 우산장수를 자식으로 둔
어머니의 이야기가 생각난다

농부의 환희에 한숨 돌리다가
불도저를 세운 장인의 시름에
가슴이 시리다

쁘라삐룬

팔월에나 오던 태풍이
유월 이십구일 오전 아홉 시에
오키나와 남남동쪽 북위 20도 지점에서 발생했다
태풍이 한반도를 덮친다고 떠들썩하다

칠월 이일 오후 일곱 시에
새 시장의 취임식을 기대하던
민초들은 씁쓰레하다
비의 신을 원망할까
투철한 유비무환 정신에 감사할까

민망하게도 쁘라삐룬은 한반도를 비켜갔다

야경

대교 위에 보름달이 초라하게 걸려있다
달빛을 받아 은빛 찬란하던 바다도
휘황찬란한 네온사인으로 뒤덮였다

노를 저으며
달을 유희하고
별을 노래하던 시인은
도시의 야경에 흐느낀다
윤동주도 흐느낀다

어느 날

배가 고프다

그리움이 쌓이면
배가 고프다
고독이 몸부림칠 때도
배가 고프다
사랑에 굶주려도
배가 고프다

성냄은 미루지 않으면서
사랑은 왜 미루는가
그러다가
홀연히 가버리면 어쩌나

사랑에 굶주려도
배가 고프다

어항

기를 단 통통배가
바다 위를 누빈다
초승달을 닮은 갯물을 어루만지며

창공을 나는 갈매기 떼
만선을 알리는가

어항은 바다를 안고 있다
통통배 보이지 않고
갈매기 떼 날지 않아도
여심은 어항을 놓지 않는다

파도

귀엣말을 속삭인다
사는 것이 이런 것이라고

밀물처럼 성큼 다가와
산산이 부서져 포말이 되어서도
귀엣말을 속삭인다
그리움은 이런 것이라고

바람이라고 속삭인다
썰물이 되어 사라지면서

영전에

우리네 엄마들이 다
성자이듯
대통령님의 엄마도
성자다

부모님을 잃고 불효를
깨우치듯
대통령님도 깊은 안타까움을
흩날린다

잠시만이라도
엄마의 아들로 놓아드리고 싶다

제 3 부

귀의

꽃이 피네

희망이었다
사람들은
그를 희망이라고 불렀다

뜻을 세워 사노라면
꿈은 이루어진다고

뜨겁게 눈물 흘린다
벽에 기대어

사람들은 누구나
꽃을 피우고 있다
가장 큰 진달래꽃을

절망의 언덕에도
꽃이 피네

가물었던 땅에
단비 내리네

돈오돈수와 돈오점수

돈오돈수는 체득
돈도점수는 이해

돈오돈수는 득도
돈오점수는 정진

돈오돈수는 창조
돈오점수는 모방

돈오돈수는 출산
돈오점수는 미출산

돈오돈수는 하나님

가랑비

가야금 줄이 되어
폭염으로 지친 대지를 촉촉이 적신다
가을이 턱 밑에 왔음이라
우주의 운행이 멈추지 않는 것처럼
소우주인 내 몸도 운행을 멈추지 않는다
어깨 결림이 턱 밑에까지 올라옴을
자연스럽게 받아들이기에는 어쩐지 서글프다

보험설계사로서 인생을 바쳤는데
명함조차도 거들떠보지 않는다
절절한 몸부림이 거부당한다면
민초들에게는 희망이 없다

평생을 바친 동료 설계사들이
자본에게, 국가에게, 회사에게 착취당하여
유목민으로 내몰렸는데도 거부한다면
가야금 줄이 되어 산천초목에서 곡을 할 것이다

배우는 곳

학교도 많다
학원도 많다
강좌도 많다
배우는 곳이 많다는 것은
가르쳐서 밥벌이를 하는 사람이 많다는 것

배우기만 하고 가르치기만 해서
일은 언제 할까

내가 가장 많이 배운 곳은
집이었고
바다였고
들이었고
산이었고
모래밭이었고
밤하늘의 별이었고
일터였다

부자와 국부

아파트가 화려해지면 부자가 되는가
국부도 늘어나는가
땅을 소유하면 부자가 되는가
국부도 늘어나는가
금을 소유하면 부자가 되는가
국부도 늘어나는가
군대가 있으면 부자가 되는가
국부도 늘어나는가

아파트는 소비인가 자산인가
땅은 소비인가 자산인가
금은 소비인가 저축인가
국방은 소비인가 비용인가
국부는 무엇이 지켜주는가

돈은 아파트로 흘러가야 하는가
땅으로 흘러가야 하는가
금으로 흘러가야 하는가
국방으로 흘러가야 하는가

경제학

취직은 할 수 있을까
창업은 할 수 있을까
본전은 찾을 수 있을까
경영권은 지킬 수 있을까
잘리지는 않을까
팔려 다니지는 않을까

저마다 아우성인데
올해도 노벨경제학상은
경영성과에나 걸맞은 이론에
상이 돌아갔다

주가에 울고 웃는 노름판을
해체할 만한
경제학의 태동은 기대 난망일까

귀의

국가는 세금으로
자본은 재단으로
종교는 교단으로
일상을 지배한다

힘없는 민초들은
어디에 귀의해야 하나

거듭남

기업을 연구한다
자본의 기관차인 기업을 연구하여 밥벌이를 한다
수많은 학문이 윤리적 합목적성으로 고민에 고민을 거듭하는데
경영학은 효율, 혁신, 이익을 대뇌이며
인간을 고민하지 않는다
그런 학문이 대학에 좌장으로 들어 앉아
대학을
기업을
사회를
국가를 오염시키고
인류를 파멸로 이끈다

'이윤 추구' 가 '상생' 으로 설정될 때
학문으로 거듭나지 않을까

공멸

경쟁이 선이란다
네가 죽어야 내가 사는 경쟁이 선이란다
고상한 학문의 옷을 입고 등장한 경영학이
자본의 앞잡이가 되어, 온 인류를 절망시켜도
경쟁이 선이란다
전시도 아닌데 일상을 전투하란다
한 솥 밥을 먹는 사람끼리도
네가 죽어야 내가 사는 식으로 전투하란다

커질 대로 커진 자본은
제 살을 뜯어먹고 아래를 고사시키면서
민초를 속이고 고객을 속이고 주주를 속이고
인류를 속인다

교통정리

자동차나 배나 비행기에
교통정리가 필요하듯
장사 중에 장사인 돈 장사를 하는 금융에도
교통정리가 필요하다

이윤에 폭주하는 금융을
자유라는 이름 아래 교통정리를 하지 않으면
민초는 물론이고 국가도 당한다

저마다 비용을 줄이려 아우성인데
돈 장사는 단계를 늘여 금융비용을 덮어씌우고
금융공학으로 사기까지 남발한다
수수료를 다양하게 떼어 가면서도
전주에게 재갈을 물려 책임을 전가한다

국가도 노름판 위에서 춤을 춘다

금산분리

산업이 은행을 소유하는 길이 막히자
보험과 증권에 손을 뻗쳤다
은행은 다른 금융을 넘보면서
산업에도 빨대기를 갖다 댄다
금산분리는 허울 뿐
자본들의 새끼치기에는 걸림이 없다

산업이 은행을 지배하는 것을 두려워했던 시민들도
은행의 빨대기에는 둔감하다

수탈이 수탈을 낳는데도

그날이 오면

사람은 나서 서울로 가고
말은 나서 제주도로 가야 하나
남도의 길은 서울로 서울로만 향한다
고압선도 서울로 서울로 흐른다
식민의 길이 되어 송출된다

지하철을 타고 가듯
동에서 서로, 서에서 동으로도 가고 싶다
최고의 대학이 농촌이나 산촌으로 옮겨가면
길이 사통팔달 뚫릴라나
어디에 살던 문명을 입어
아기도 더 낳을라나

동에서 서로
서에서 동으로
남에서 북으로
북에서 남으로
사통팔달 문명이 흐르면

내 엄마의 엄마가 살던 곳
내 아버지의 아버지가 살던 곳
그곳이 내 무덤이 되리

그날이 오면

기록

문맹률이 높던 시절
글자깨나 익힌 사람들의 갑 질은 대단했다

오늘날은 문맹이
날마다 새로 생긴다
익숙해질 만하면 프로그램이 바뀌어
이전의 것은 흔적도 없이 사라진다
고고학은 일만 년 전의 흔적을 찾아서
낑낑거리는데
컴맹은 어제의 것을 찾아
낑낑거린다

국가는 컴퓨터로 기록을 저장한단다
일만 년 뒤의 후손이
컴퓨터를 첨성대나 팔만대장경만큼이나
떠받들까

동행

숭숭 뚫린 구멍
어루만져 준
그대,
아득한 나를
들여다 본
그대

끊어질 듯한 끈
다시 이어 주고
"밥 먹었니?"
그 말 한마디
일용할 양식 되는 줄
미처 몰랐네

가는 길마다
천수천안으로
동행하네

마음

마음을 적시네
가랑비에 옷을 적시듯이
조금씩
조금씩

쉬게 하네
세상사에 얽힌 마음을

그리하여 얻네
마음을

만물상

"잡상인 출입금지" 팻말 앞에서
나는 "전문인"인데 하며
거리낌 없이 사무실에 드나드는 일을 26년이나 했다
그런데 회사는, 도급으로 수탈을 일삼더니
이제는 만물상을 하란다

사업부도 통합 못하면서
한편에서는 쪼개어 새끼를 치고
다른 법인과는 합병을 하겠단다
보험요율도 분간 못하고 합병을 하겠단다
자본의 성질을 따지지도 않고 만물상을 만들겠단다
물 타기와 앞잡이의 서식처를 만들겠단다

은행도 만물상을 하며
시장을 교란시키고 금산분리를 망가뜨린다
금융이 금도가 없는데 자본주의가 건강하기를 바라는 것은
어불성설이다

명품

세월이 가도 변하지 않아
장인의 손길을 오래오래 느낀다
중고도 가치를 인정받고
모조품도 제법 밥벌이를 한다

그런데 금융에는 명품이 없다
날고 기는 천재들이 사기의 숙주노릇을 한다

수탈의 근원을 찾는 고행 길이
나 하나로 족하면 좋겠지만
두려운 마음도 있다
수탈의 사슬을 끊지 못하면
민초들의 고난과 죽음은 계속될 텐데
언제 다시 기회가 또 오겠는가

모방

따라 한다
비용을 들이지 않고 따라 하니 지름길이다
생각이 없으니
시행착오도 따라하고
쓰레기까지 따라한다

개인이 따라하고
기업이 따라할 때는
쪽박을 차거나 먹고는 산다
그런데 국가가 따라하면
세상은 어떻게 될까

방임

무슨 시설이든지
시설은 유지비와 관리비가 든다
주택이든 비주택이든 초과공급인데
끊임없이 새로 짓고 멀쩡한 것을 철거하거나 놀린다
건물은 빽빽한데 밤이면 불이 켜지지 않고
낮에도 이용되지 않는 공간이 많다

로마는 2300년 전의 수도관이 아직도 있고
그때의 길을 사용하기도 한다

국가는 세금을 거두면서
수급 조절에는 관심이 없다
자본과 시장에 방임한 채
전시행정에만 눈을 판다

공공의 일을 하는 사람들

잘 차려진 책상에 앉아
관성대로 일을 한다
섬김이 무엇인지도 모르면서

최고의 복지 속에서
관성대로 일을 한다
나라의 곳간을 채워본 적도 없으면서

시스템이 농락되어 본말이 전도되어도
관성대로 일을 한다
쫓겨날 일이 없으니

민초들이 초토화 되어도
관성대로 일을 한다
평생 먹고 싸는 것을 보장받았으니

무슨 일이든지
공공이 아닌 것은 없다
세금으로 연결되어 있으니까

빛이 없다

개인이 빛이 없다 함은
견실하다고 말할 수 있을 것이다
조그마한 기업이 빛이 없다 해도
견실하다고 말할 수 있을 것이다

그런데 상장 기업이 빛이 없다 하면
문제가 달라진다
자본조달을 은행이 아닌 주식이나 펀드에만 의존하면
빛은 없겠지만 노름판은 커진다
불확실성이 더 커지고 투기성 자본도 활개를 친다
일하는 사람보다 돈놀이 하는 사람이 더 많아질 수밖에 없다
오늘날 자본주의의 말기적 현상은
여기에서 출발했다 해도 과언이 아니다

타인자본과 자기자본의 적절한 비율 확립이
숙제가 아니겠는가
적절한 금리가 숙제가 아니겠는가

회계학이
경영학이
금융학이
경제학이
풀어야 할 숙제가 아니겠는가

사명

돌이켜 보면
님을 위해 애쓴 일은 별로 없다
그러나
님께서 기뻐하실 만한 일에는
혼신의 힘을 다했다
일그러진 일상에 훈풍을 보내야 하기에
남은 자들이 해야 할 일들이기에

속도

경쟁이
빛의 속도에까지 이를까 봐
두렵다
달리다가
달리다가
타는 줄도 모른다

물의 심판 때는 방주라도 있었지만
불의 심판 때는 아무것도 없다

인연

가장 큰 도둑은 님이었다

아이 둘의 숙제도
핏줄의 애달픈 사연도
동료들의 굴절된 아귀다툼도
민초들의 절망도
다
님에게서 비롯되었다

숙제를 풀다보니
여기에까지 왔다

일상

골프채를 트렁크에 싣고
산에 다니던 아저씨는
나이가 들자 지하철이 편하다고 했다
운전이 힘든데 차비까지 공짜란다

아파트에 밀려 산만디로 이사 간 아저씨는
오늘도 차비를 들여 마을버스를 타고
일터로 향한다

주택가에 사람이 넘쳐나던 시절에는
뒷골목도 깨끗했는데
빈집마다 골목마다
오물들이 즐비하다

아파트에 사는 사람들도
유지비로 몸살을 앓는다

인프라

사람이 모이면 인프라가 좋아진다
인프라가 좋아도 사람이 모인다

자본은 끊임없이 사람을 모은다
국가도 부화뇌동한다
농촌과 산촌은 날마다 통곡하는데
끊임없이 도시로 모은다
주택가도 통곡한다

인프라 중에 인프라는 대학이다
최고의 대학이 일차 산업 곁으로 옮겨가면
곡소리도 낮아지겠지

아파트

산만디는 신산한 삶 속에서도
시내를 한 눈에 굽어볼 수 있는 즐거움이 있었고
황홀한 야경에 시심을 불태우기도 했다
여기저기에서 아파트가 들어서자
숨이 막힌다

황령산 중턱에 자리 잡은 시장관사는
독재의 산물이라 하여
시장은 입주도 못하고 전세살이를 한다
중턱에서 시내와 바다를 밤낮으로 조망했더라면
스카이라인이 이 지경에 이르도록 방치했을까

4층이 22층 되고
22층이 67층 된다
그 다음은 200층일까

하늘 높은 줄 모르고 올라가기까지
관련 법규가 얼마나 친자본적으로 변했을까

입씨름

"분배다 성장이다"
입씨름으로 시끄럽다
"달걀이 먼저다 닭이 먼저다"
결론이 나겠는가

옥상에서 문어발을 내려 이익을 챙길 때
지상과 지하에서는 먹물을 뒤집어쓰고
날마다 비명을 지르는데
입씨름은 오늘도 계속된다

이전에도 그랬었지
조선이 망할 때도 그랬었지
도탄에 빠진 민생은 아랑곳하지 않고
지배층은 입씨름만 했었지

장면

새까맣게 탄 아낙이 허리에 끈을 매달아서
걸음마를 겨우 뗀 아기의 허리에 연결한 채
동상동 시장 난전에서 생선을 팔고 있었다
검게 그을린 아기는 엄마의 등 뒤에서
끈의 동선을 벗어나려 발버둥쳤다

세월이 흘러
어느 시의원이 대학원 학비를 시의원에게 지원해야한다고
광역의회에서 발언을 했다
공무원노조는 대학생 자녀 학비지원을 요구한다
임신을 한 모 국회의원은 '국회 모유수유' 발의를 했다

그 아낙과 아기는 지금 무엇을 하고 있을까

연금

"젊어서 열심히 일하고 나이 들어 무위도식하자"
"집도, 농지도 저당 잡혀 연금을 받자"

민초들을 무산계급대열로 몰아넣는 저 정책은
평생 먹고 싸는 것을 보장 받은
계급들이 만들었을까

인구 분산

사람이 모이면 돈이 모이는데
모으다모으다 넘쳐나니
지하도시를 건설한단다
지하와 지상과 하늘까지 저당 잡히는
돈놀이도 등장하겠네

삼천리 방방곡곡 발 닿는 곳이
삶의 터전인데
입만 열면 서민을 위한다는 사람들이
자본의 놀이터만 늘린단다

농촌과 산촌과 어촌이 부활할
대학이나 옮기시지
구석구석 타고 다닐 철도도 놓으시고

일차 산업

정보통신기술이다 인공지능이다
별의별 산업이 등장해도
먹고 싸는 것의 근원은
일차 산업이다
일차 산업을 등한시 한 채
산업을 논하는 것은 모래성일 뿐

최고의 교육기관이
일차 산업 곁으로 옮겨 가면
사람 살 만한 곳으로 변할라나
농촌이나 산촌이나 어촌에
젊은이가 모이고
아기도 생기면서

도시의 한 평도 안 되는 곳에서
지하에서
옥탑방에서
피시방에서

찜질방에서
길에서
먹고 싸고 잠자며 아무개로 살아가는 민초들도
살 만 하지 않을까

자본

엘리베이트를 타고 올라가
공중에서 먹고 자고 배설한다
도시에도
농촌에도
산촌에도
어촌에도

헌법을 이용할 줄 아는 자본은
재산 제1호를 소모품으로 만드는데 성공했다
공동체는 산화되고 아파트는 나날이 화려해진다
국가도 신도가 된 것처럼 아파트 장사를 한다
악의 숙주가 된다

초경도 치르기 전의 소녀가 위안부로 끌려가지 않게
나라도 지켜 줄 수 있는 자본인데

자본 사회주의

지사나 사회주의자에게 빨갱이 딱지를 붙여
지독하게 핍박했다
목숨까지 빼앗는 경우도 있었다
그럼 지금 우리는 어떤 사회에 살고 있을까
자본주의 사회?
시장경제 사회?
글쎄, 내가 보기에는
자본 사회주의에 살고 있다

무슨 사회이든지
민초들이 삶의 주체가 되었으면
좋겠다

회계

민초들은 피폐한데
비용을 끊임없이 아래로 전가시키고 분식을 해도
관심이 없다
"분배다 성장이다" 입씨름 하는 자들도
관심이 없다

회계는 공동체의 언어이고 생활인데
어느 순간부터 웬만한 법인도 지출의 증빙서류만
만지작거린다
보편적인 것을 보편적으로 다루지 않고
특정인만 다루는 것은 기만이다

앞잡이만 서식한다

재개발

민초들이 밀려나도 성전은
그 자리에 서 있다
길거리에서 민초들을 구원하던 시대를
그리워하는 것은 아니지만
거대한 성전은 밀려나는 민초들을 보고만 있었다
성전 앞에 들어설 아파트 숲을 반기는 건지
그 자리에 서 있다

도시가스에 외면당해 냉방에 시달려도
성전은 보고 있었다
개발연합군에 포위되어 거세당해도
보고만 있었다
헌법이 선도하고 제도가 뒷받침해도
성전은 보고만 있었다

집

나라님이 살던 집은
세금으로 대대손손 보존된다
무덤도 보존된다
더러는 성지가 되기도 한다

민초들이 살던 집은 낡을 대로 낡다가
결국은 헐리는데
하늘 높은 줄 모르고 올라간다
아흔아홉 칸까지 지을 수 있던 시절에는
일조권을 침범하지도 않았고
감가상각을 걱정하지도 않았다

정주

인류가
한 곳에 정착하여 오래 살기를
얼마나 염원했던가

문명을 꿈꾸는
교육이
자본이
정치가
밀어내기를 한다면
유목민으로
움집으로
길거리로
퇴행할 수밖에

일자리

양질의 일자리를 많이 만들겠다고
떠드는 사람이 있다
그 사람은 먹기만 하고
배설은 하지 않는 모양이다

산다는 것이
편한 일, 험한 일, 위험한 일들의 얽힘인데
어떻게 양질의 일자리만 따로 있단 말인가
험하거나 위험한 일에 대우를 하는 것이
정치가 할 일

정책

아파트가 복지일까
연금이 복지일까
의료쇼핑이 복지일까
난방이 복지일까
잠자리가 복지일까
쌀이 복지일까

아파트와 연금과 의료쇼핑을 즐기는 사람
난방과 잠자리와 쌀을 걱정하는 사람

국가는 무엇을 해야 하는가

주거비용

사글세로 사는 사람들은
쌀을 봉지로 사고
엄동설한인데도 석유보일러를 켜지 못한다
노인들은 전기장판에 의존하다가
화상을 입기도 한다
천지에 깔려있는 도시가스가
그림의 떡이다

쌀 만큼이나 주거도 난방도
녹록지 않는데
토지공사나 주택공사나 에너지공사 등은
관성대로 흘러가고
높은 연봉을 자랑한다

입만 열면 서민을 위한다는 파수꾼들이
주거비용의 본질에는 눈을 감는다

반역

을사오적이 나라를 팔아먹었다고 비분강개했다
삼천리 방방곡곡에서 독립을 외쳤고
해외 곳곳에서도 풍찬노숙을 하며 피를 흘렸다

선조들이 되찾고자 했던 나라가
왕의 나라였던가
관의 나라였던가
민의 나라였던가
자본의 나라였던가

오늘도 일상에서
핏대 세우는 나와 너 안에
반역은 없는가

학문

분업
보이지 않는 손
규모의 경제
아류들이 자주 인용하는 용어들이다
컴퓨터도 없었고
로봇도 없었고
대형매장도 없었고
국제투기자본도 없었고
정부보조금도 없었던 시절에 만들었던 개념들이다

오늘날
생산은 분업인데
판매는 한 곳에서 만 가지 상품을 취급한다
또 판매원에게 우아한 이름을 붙여
백화점이나 다룰 수 있는 만 가지 품목들을 떠 안겨
노예를 만들기도 한다

판매원은 임금도 없이 온갖 비용을 덮어쓰는데
기업은 판매원의 손을 거치는 상품과 비용을 어떻게
회계처리 할까
회계학은 한번이라도 민초들의 눈으로 회계를 들여다
본 적이 있는가
경제학은 언제까지 학문을 포기하고
자본의 앞잡이인 경영학에 눌려만 있을 것인가

장인

무슨 일이든지 전문가가 되어 사명이 붙으면
장인이 될까
농업 장인
바다 장인
보험 장인
의업 장인
학자 장인
정치 장인
자본 장인
복지 장인

그런데 전문가가 바로 서지 못하면
세상은 어떻게 될까
사바세계가 본래 그런 것이라고
달관하기에는
민초들의 곡소리가 너무 크다

헌법 제11조

"사회적 특수계급의 제도는 인정되지 않으며,
어떠한 형태로도 이를 창설할 수 없다."

평생 먹고 싸는 것을 보장받은 어느 계급은
단결권, 단체교섭권, 단체행동권까지 보장받는데
어떤 계급은 보장은커녕 노동 3권도 제한받는다
울타리 밖의 계급은 더 많다
옥상
정규직
비정규직
울타리 밖으로 세상은 나뉘어져 있고
과잉 대우는 수난 받는 계급을 양산한다

옥상을 위한 계급 앞에
헌법은 핫바지일까

헌법 제121조

"국가는 농지에 관하여 경자유전의 원칙이 달성될 수 있도록
노력하여야 하며, 농지의 소작제도는 금지된다."

소작의 폐해는 경자유전으로 극복했는데
변한 세상에도 폐해는 있다
새로운 원칙으로
우리의 삶을 아울러 본다

하나, 군권은 국가가 갖고 어떠한 경우에도 이양할 수 없다.
하나, 화폐 발행권은 국가가 갖고 기축통화를 지향한다.
카드 등의 보조화폐 발행권도 국가가 갖는다.
하나, 조세권은 국가가 갖는다.
하나, 국어로 학문을 한다.
하나, 국가는 유수한 대학들을 1차 산업 곁으로 옮겨 인구의
고른 분포를 유도하고, 문명이 사통팔달 교류되도록 한다.
하나, 국가는 금융의 공공성을 지향한다.
하나, 국가는 직접고용의 원칙을 세워 비용, 위험, 책임 등의

전가를 막는다.

하나, 국가는 경제주체들의 회계에 관심을 가져 공정한 국민경제를 확립한다.

하나, 국가는 사용료 남발을 막고 독점을 지양한다.

하나, 공적연금을 통합시키고 연금수준은 기초생활에 맞춘다.

제 **4** 부

밥그릇

동해에서

수평선이 포물선으로 잡힌다
한반도에서 워싱턴까지 10,970km

지구도 한 줌이다

지구가 성에 안차
우주로 손을 뻗쳤다

한반도는 아직도 안개 속

밥

소유자가 하나면 규모는 적당하다
감당할 수 있게
소유자가 많으면 규모는 어마어마해진다
먹기 좋게
지배층은 멍석을 깔았다
법과 제도로

예나 지금이나 밥벌이는 치열한데
민초들은 언제나 밥이다

대표

모를 심어봤거나 똥장군을 져 본 사람이
농민 대표다
파도와 싸우며 배를 타 본 사람이
바다 대표다
손이 잘리거나 생명의 위험에 노출된 사람이
노동자 대표다
유치원 아이들의 똥을 닦아 주는 교사가
유치원 대표다
회사 안팎에서 수난을 당하는 세일즈맨이
회사 대표다
운동을 전업으로 해 본 사람이
체육계 대표다
복지의 본질에 사명을 건 사람이
복지 대표다

여의도에는 온통
법기술자, 경영기술자, 학위기술자, 관료기술자,
귀족노조들 뿐이다

배설

다시를 낸 멸치를 시멘트 길 위에 내어놓으면
귀신 같이 쫓아 와서 먹어 치우던 고양이가
울타리 옆에 조금 붙어있는 흙을 앞발로 파내더니
배설을 한 뒤에 다시 흙으로 덮는다

만물의 영장인 인간은
수세식 변기 위에 우아하게 앉아서
볼 일을 보고 물을 내린 뒤에
그 다음 일에는 별로 관심이 없다

만물의 영장인 인간은
정보통신기술을 통해서도 배설을 한다
그 옛날, 문맹이 많던 시절에
성직자가 경전을 독점하여 혹세무민하던 것처럼
배설을 한다

권력도 배설
자본도 배설
계급도 배설
먹물도 배설

민초들은 배설물 처리에 허리가 휜다

세계화

재산 제1호가 똥 무더기가 되어
하늘 높은 줄 모르고 올라간다
동네 마다 빈집은 늘어나고
거리는 노숙자로 넘쳐난다

조선이 망하기 전에
민초들은 수탈에 지쳐
땅을 버리고 유랑민이 되기도 했다
그 이전의,
그 이전의 나라에서도 하나같이
망국에 앞서 대량으로 유민이 발생했다
예나 지금이나 망국은
관의 무능에서 시작되었다

부산에도 뉴욕에도 런던에도 파리에도
빈집은 늘고 노숙자가 넘쳐난다
관의 무능도 세계화다

수탈

신탁으로 민초들을 수탈해 온 역사는 유구하다
신으로
왕으로
귀족으로
양반으로

오늘날은
민으로부터 신탁을 받은 공직자도
자본으로부터 신탁을 받은 경영인과 법조인도
노동자로부터 신탁을 받은 노조도
카르텔을 형성하여 민초들을 수탈한다
수탈을 통한 세수도 늘어난다

우아하게 깔아 놓은 우회적 수탈인프라는
신도 눈치 채지 못한다

벽보

함부로 말하지 마라
밥그릇에 대해

밥그릇은 성업이다
희망이다
사랑이다
우주이다
사명감이다
혼이다

밥그릇 깨는 소리
함부로 하지 마라
땀이니라

밥그릇을 놓고
함부로 시험하지 마라
피눈물이니라

문어발

자본은
1인 사장을 대중화시켰다
옥상의 경영인이 날마다 문어발을 내려
1인 사장을 낚아챈다
여기저기에 낚인 1인 사장은
옥상에서 뿜어내는 먹물에 만물상이 되었다
정보통신기술은 먹물 양까지 늘려
날마다 설사를 하게 한다

자본의 탐욕은 대학도 장악했다
상아탑은 옛말이고 문어발이 무성하다

성전에도 문어발이 무성하다

빅 데이터

힘 있는 자들은 정보를 무더기로 실속 있게 챙긴다
민초들은 신상과 일상을 시시콜콜하게 상납하면서도
허접한 정보에조차 차단당한다

혹세무민하던 자들은 연합군이 되어
정보를 갈취하는데
민권의 파수꾼들은
오합지졸이다

파편화 된 민초들은
여기서도 종이 되어
불법으로 내몰렸다

그대를 찾아

분명 할 얘기가 있었는데
마주 앉으면 할 얘기를 다하지 못하고 일어섭니다
그대는 귀찮은 일인데
상생을 얘기하려 드니
어색한 자리지요

뉴스를 잡아야 서로가 살아나듯
계약자가 있어야 내 이름이 생깁니다

취재원을 찾아
밤낮이 없듯
이름을 찾아
셀 수도 없이 걷습니다

마음을 얻을 때까지

밤의 모습

수원 발 야간 무궁화호를 탔다
뒷자리에서는 냄새를 피우고
옆자리에서는 앞이 잘 보이지 않는 듯한 사내가
더듬거렸다
쪽잠을 자다가 깨어 보니
그들은 보이지 않는다

부산 역에 도착하니
대합실 여기저기에서 노숙자들이 새우잠을 자고 있다
역사출입금지가 풀렸을까
조간신문 1면에는
'국제영화제기금 1000억원 육성'이
대문짝만하게 실렸다

부산역 근처, 사랑하는 나의 회사는
일층 로비에만 불을 켜 놓았고
택시를 타고 가면서 주변을 살펴보니
맥도날드는
일, 이층에 불을 환하게 켜 놓았다

가두리

손을 거치면 값이 올라간다
가치를 보탠 적도 없는 카드가 끼어들어도 값이 올라간다
온갖 것으로 유인하여 고객을 가둔다
처음에는 은행이 하더니
유통회사도
재벌도
언론도
정부기관도
지방정부도 불나방처럼 가두리로 뛰어든다
상품권에도
유통권에도
포인트에도
가상화폐에도
지역화폐에도 죽기 살기로 뛰어든다

민초들은 화폐 구경도 못한 채
온 사방으로 찢기어
여기저기에 보태어 준다

어느 날 가두리에서
장어가 주는 대로 사료를 먹고
배가 터져 죽었다

선거

표를 무기 삼아
자신의 입장을 외친다
내일은 저 캠프에서 떠들라나

땀 흘리며 일하거나
목소리를 낼 수 없는 사람들은
여기에 없다

세금 도둑질 하는 사람들은
변함이 없는데
선거는 요란하다

금융의 얼굴

나라 없이 떠돌면서 귀금속을 생명으로 여기던 민족은
환전 기술을 축적하여 세계 금융을 장악했다
태초에 생산한 경전으로 정신세계도 지배한다
세뇌 된 아류들은
빚을 내어서라도 소비를 하면
경제가 좋아진다고 합창을 한다
시민들도 기업의 딴 짓에는 삿대질을 하면서
금융의 딴 짓에는 먹통이다

귀금속을 생명으로 여기던 민족은
오늘도 종자돈을 조종하고
아류들은 소비로 몸살을 앓는다

독점

웬만한 것은 스스로 생산하여 충족하던 시절이 있었다
부족한 것은 5일장이나 7일장에서 서로 교환하며 살았다
시장경제는 선명했다

분업이 효율적이라고 학문이 입증한 이래로
거래는 폭발적으로 늘어나 국경은 없어졌고
자본이 일상을 독점하는데
시장경제라고 우긴다
고상한 학문은 이론으로 뒷받침한다
방송도
법도
독점을 부추긴다

조선이 망하기 전에도
대지주가 토지를 독점했었지

노름판

이자로만 먹고사는 꼴을 못 보는 포플리즘에
교활한 자본이 침투하여
노름판을 키웠다
저금리가 경제를 살린다는 미신을
온 지구에 퍼뜨리며
마이너스 금리까지 부추긴다

미신을 제도화 시킨 자본은
일하는 사람보다 돈놀이 하는 사람이
더 많은 세상을 만들었다

세상을 다스려 민을 구제한다는
경세제민, 즉 경제는 없고
노름판만 있다

노예해방

소득이 계급이라는 것은
예나 지금이나 마찬가지다
계급간의 투쟁도 소득 싸움이다

부르주아와 프롤레타리아의 치열한 투쟁은
새로운 노예를 낳았다
비정규직
파견
소사장
1인 사장
불가촉의 민초

투쟁이란 힘 있는 자들의 전리품이고
계급 축에도 못 끼이는 노예들은
오늘도 얽매여 있다

만고불변의 수혜자인 공직자
부르주아의 대리인인 경영기술자와 법기술자

프롤레타리아의 대변인인 귀족노조
수탈로 먹고사는 이 자들이
노예를 해방하겠다고 허세를 부린다

진정성을 보이려면
순서대로 소득부터 깎아야 할 터

악화는 양화를 쫓아낸다

그래샴은 이미 촌철살인의 말을 했었다

오늘날의 악화는
저울 기능을 버리고
낮은 기준금리를 잡아먹으며 나날이 악성 진화한다
생산자와 상인을 울리고 소비자를 농락한다

악화에 포획 당한 민초들은 여기저기에 뜯기고
양화를 손에 쥔 지배층은 주체를 못한다

그래도 국가는 태평하다

배달 플랫폼

우리 민족을 일컫는 성스러운 이름이
플랫폼으로 선점 당해
배달 장사에 이용된다

노예들은
오토바이를 타고 자동차 사이를 곡예하며
앱으로 초 단위의 시간차로 도급을 따면서
목숨을 건 배달을 한다
복지국가 배달의 나라에서
목숨을 걸고 일을 해도 4대 보험은커녕
범법자로 내몰리기 일쑤다

도급은 정보통신기술을 타고 악성 진화하는데
국가는 목숨을 담보로 한 세금을 태평하게 받고 있다

발품으로 삶을 설계하는 사람들

밥도 못 먹고 발이 닳도록
발품을 팔아도 가족은 늘 추웠다
지배층은 살이 쪘고 나라 곳간도 채워지는데
늘 허덕인다

총알받이인 줄도 모르고
또는 알아도
전장을 누비면서 하루하루를 버텼는데
총알이 떨어지자
제 몸 하나 가눌 곳도 없다

백의종군은 이순신의 숭고함인데
그대들에게
백의종군의 월계관을 씌워 드리고 싶다

그러나 자족하면
그대들의 가족은 보살핌을 받지 못한다
발품을 팔아 본 적도 없는 자들이

머리로 이해한 들
그대들을 대변하지 않는다

문어발에 걸려
만 가지 일을 그대들이 감당한 들
허덕이기만 할 뿐
그대들의 가족에게는 온기가 돌아가지 않는다

병정놀이

갑을병정의 제국들
중동에 폭격을 퍼붓는 것이 일상인데
중국까지 십자군전쟁 대열에 편승하네

친미 정권이 들어서면
러시아가 반군을 지원하고
친러 정권이 들어서면
미국이 반군을 지원한다

병정놀이는
언제나 신을 앞세우고
평화의 깃발을 흔들지만
난민들은 절규한다

징기스칸의 발자국도
갑을병정의 군화도
한반도를 짓밟았나니

다시 보자 내 나라 땅
화려한 빌딩 숲
군권은 어디에

내 나라를 내가 지켜야하는 것은
삼척동자도 아는 일

분사

쪼개어 새 법인을 만든다
직원에게도
고객에게도 물어본 적이 없다

내용이 궁금해서 전화하면
자회사와 입씨름을 한다
책임은 공중에 떠다니고 하도급 끼리 열을 낸다
소진으로 박이 터진다

대리 비용이 늘어나면
이익은커녕 불신만 커지는데

상품권

백화점이 발행하여 대박을 터뜨리자
너도나도 뛰어들어
할인시장까지 생겼다

힘 센 상품권은 전 국토를 누비며 성을 쌓고
정부기관이나 지방정부는
대항한답시고 지역화폐를 만들어
법정화폐를 어지럽힌다

민초들을 옭아매는 법은 잘도 만들면서
상품권을 폐지하는 법은
꿀을 먹었는지 말이 없다

세금

세입자는 월세를 내고
주인은 그 돈으로 나라에 세금을 낸다
세금은 세입자가 내는데
주인의 자산 가치는 올라가고
나라의 곳간도 채워진다

1인 사장은 먹을 것이 없어도
정규직과 임원은 월급 받아 세금 내고
주주는 배당받아 세금 낸다
법인도 법인세를 낸다
따지고 보면 세금은 1인 사장이 굶으면서 내는 것이다

소비와 거래가 늘어나도 세수는 늘어난다
1인 사장을 닦달할수록
소비와 거래는 늘어나 나라의 곳간도 채워진다
따지고 보면 수탈은 국가가 조장하는 것이다

개인이 파산하고
기업이 파산해도
나라의 살림살이는 줄지 않는다

소유와 경영

자본은 날개를 달았다
소유와 경영의 분리로
책임에서 해방되어 날개를 달았다
마르고 닳도록 이론을 개발하여
온 지구에 전도한다
순환은 없고 확대만 있는 이론은 전쟁도 일으켰는데
경영성과에나 걸맞은 이론으로
노벨경제학상을 타기도 한다

지구의 반대편에서 나는 것이
먼 여행 끝에 내 밥상에도 올라 왔다
잘 산다는 것이
많은 에너지를 소모하여 신토불이를 밀어내는 일
유목민을 만드는 일
독신자를 양산하는 일
쓰레기 더미에 사는 일

소유와 경영의 분리는 변종에 변종을 거듭하여
국경선도 허물고 괴물을 낳았다

손자병법

머리를 맞댄다
장막 뒤에서

지피지기 백전불태, 허허실실, 성동격서, 반간지계
온갖 전법을 다 동원해도
길은 아니다

모의만으로는
사랑은커녕
미움도 담보 못 한다

장막을 걷어 내고
광장으로 걸어 나와야
영혼의 울림이 된다

신용평가

공부를 얼마나 잘 하는지
시험으로 평가한다
글을 얼마나 잘 쓰는지
작품으로 평가한다
돈놀이 할 때, 떼일 위험은
신용으로 평가한다

신용이 낮은 자를 수탈하여 먹고사는 것이
이 바닥의 논리인데
조그마한 생활 빚이 눈덩이처럼 불어나는
이유이기도 하다

월가는 세계시민을 수탈하여
국제투기꾼에게 먹이 감을 제공한다

옥상옥

물가에만 인플레이션이 있는 것이 아니다
지상에도 있다
옥상에는 더 많다
무슨 연구소
무슨 협회
무슨 위원회
무슨 부회장
무슨 회장
무슨 총괄회장
무슨 명예회장
무슨 고문

수탈도 옥상옥이다

원화

분단국가만큼이나 초라하다

달러에 치이고
카드에 치이고
상품권에 치이고
유통권에 치이고
포인트에 치이고
가상화폐에 치이고
지역화폐에 치인다
원화경제가 여기저기에서 공격받는다

세금은 쉽게 걷히겠지만
민초들은 피폐해지고 지배층은 독식한다
군권도 못 지킨 국가가
발행권마저 잃으려나

원화가 아프면
민초들은 죽는데

블라디보스톡에서

러일전쟁에서 패배한 아라사가
얼마나 절치부심했는지
루스키 섬의 지하 벙커는 말하고 있었다
이차 대전에서 용맹을 떨친 퇴역 잠수함은
어뢰 4발을 장착한 채, 옛 모습 그대로이고
관군과 시민군은 기념비에 새겨져 후대에게 말한다

동토의 땅 시베리아가 부동항을 지키기 위해
얼마나 두 눈을 부릅뜨고 있는지는
극동함대 사령부가 말하고 있고
루스키를 방패삼아 휴식을 취하고 있는 극동함대들은
언제나 부름에 응할 자세다

외세에 휘둘릴 때마다 땅이 쪼그라들어
더 이상 물러설 곳도 없는 한반도 끝자락에서
선조들이 누볐던 산하를 찾아왔는데
역사를 수복할 길은 멀다
한글이 뿌리를 알리고

온돌 문화가 삶을 이어갈 수는 있겠지만
온 몸에 전율이 일어난다

국가가 지켜 주지 못해
만주로
연해주로
중앙아시아로
쫓겨 다녔던 한 맺힌 핏줄들은
오늘도 살 길을 찾아 연해주를 다시 기웃거리고
그 아래 동해에서는 국경선이 요동친다
독도새우는 만국의 새우가 되었고
제국의 함대들은 시나브로 드나든다
고독한 독도는 구한말의 동포들처럼 미아가 될 판이다
하늘에서도 만국의 전투기들이 번번이 출몰한다

이승만라인을 찾아 고독한 싸움을 해야겠다

위하여

세상은 주주를 위하여다
학문도
경영인도
행동주의 펀드도
투자로 세뇌된 돈놀이도
대형매장의 판매설계사도
체인점도
주주를 위하여다

심지어 시민 활동가가
소액투자가를 위하면 경제민주주의가 실현되기나 하는 것처럼
삿대질에 열을 올려도
주주를 위하여다

국경을 넘은 소비도
주주를 위하여다
국가도 부화뇌동하여

주주를 위하여다
온 세상이 주주를 위하여다

어느 날 주가가 폭락했다

유랑

건장한 사내가 서 있다
치안센터 옆 이동 쓰레기통 앞에서
양 어깨에 주렁주렁 걸망을 매달고
서 있다
맥도날드 상표가 붙은 냉커피를
검게 그을린 손으로 플라스틱 병에 붓다가
흘러내리는 냉커피를
잽싸게 혀로 핥아 먹는다

다시 쓰레기통을 뒤진다

유목민

이리저리 나부끼다
머물 곳 없어서 쓸쓸히 돌아서는

이리저리 구르다가
채울 수 없어서 나뒹구는

이래저래 발버둥 쳐도
안착할 곳 없어서 떠도는

자본의 종이 만든
덫에 걸린

유통과 화폐

상품의 유통단계를 줄여 가격혁명을 일으켰다는데
화폐의 유통단계는 다단계가 되었다
생산자와 소비자는 자유를 잃었고
화폐는 집적되어 돈놀이와 부동산으로 흘러간다

카드와 상품권이 화폐를 쫓아낼수록
국가는 쉽게 세금을 걷는데
민초들은 피폐해지고
지배층은 살이 찐다

조선이 망할 때에도
체제가 농락되어
민초들의 삶이 먼저 망가졌고
지배층은 독식했었다

임대아파트

"소유가 아니라 거처하는 곳이다"
"자식에게 물려 줄 필요가 없다"

혹세무민의 말들이 빛을 발할 때
한 쪽에서는
재산과 권리를 상속하고자 온갖 수단을 강구한다
법망으로
자본으로
덫에 걸려드는 것은 민초들인데
밀려나기도 한다

이전에는 소작으로 수탈했는데
요즈음은 임대료와 관리비로 수탈한다
소작은 생산이라도 하였지만
임대아파트는 소비다

자활

어스름해질 무렵
내 허리에도 못 미치는 키의
남자와 여자가
난전에 펼쳤던 짐을
깔개 위에 올라서서 트럭에 싣고 있다

코걸이를 한 여자가
한여름에도 머리에서 발끝까지 겹겹이 껴입고
봇짐을 등에 진 채
무엇인가를 주워서 소중히 비닐에 싼다
손에 든 걸레로 광장의 설치물을 닦는다

지하철 안에서
오른 쪽 고관절 아래가 없는 남자가
목발을 양쪽 겨드랑이에 낀 채 손으로 짚고
다리 삼아 이동한다
구구절절한 내용이 적힌 하얀 종이를
돌리면서

재단

기업은 흥망성쇠로 치열하다
재단은 옥상이라 흥망성쇠를 모른다
너도 나도 재단을 만든다
모금을 해서라도 재단을 만든다

열심히 경제활동을 하여 얻은 부가가치를
공익을 위해 사용한다면
얼마나 아름다운 일인가

그런데 수탈하여 면죄부를 받는다면
세상은 어떻게 될까

주 52시간

부르주아와 프롤레타리아의 치열한 계급투쟁은
적대적 공생으로 귀결되었다
계급 축에도 못 끼이는 별의별 민초들은
주 52시간 아래에서 신음하면서도 말이 없다

공무원 프롤레타리아
교수 프롤레타리아
교사 프롤레타리아
공기업 프롤레타리아
대기업 프롤레타리아

부르주아를 떠받드는 위대한 계급들

주상복합

비싼 땅 위에 아파트를 짓는다
치밀한 자본은 주상복합으로 곡예한다
용적률 1200%는 예사다
시민들은 길 가에 괴물이 솟아오르자
뒤늦게 삿대질을 한다

혹세무민이 정치의 본질일까

지켜야 할 것

주권 국가라 하면 마땅히 지켜야 할 것이 있다
군권이 그렇고
발행권이 그렇고
조세권이 그렇다
그 외도 있다

군권은 잃은 지 오래되었고
발행권은 교란되고 있는데도 둔감하다
민생이나 나라보다도 입지에 더 민감한 선출직이
분권이라는 미명하에 조세권을 넘볼 수도 있다

지하

지하철만 타고 다니다가
어쩌다가 지상에 올라오면
모든 것이 낯설다
높은 빌딩에 가린 햇살은 나의 것이 아니고
하늘도 수직으로만 좁게 보인다
두더지 생활에 익숙할수록
지상은 민초들을 밀어내고
지하는 번성한다
민초들은 햇빛조차 얻기 힘든데
집중은 오늘도 멈추지 않는다

천부인권

누군가에게는 밥벌이이다
견고한 성을 쌓아
인생을 저당 잡아 사육하고 마루타를 삼는다
눈을 감은 채

밥벌이는
동물에게도 힘겨루기를 한다
동물복지는 요란한데
천부인권은 너무 조용하다

카드

돈을 주고서도 가입자를 늘린다
화폐를 쫓아내고
노예를 늘리고
물가도 올린다
기준금리가 아무리 낮아도 소용없다

지갑 속에는 화폐가 없고 카드만 가득하다
소비자도
생산자도
대기업도
정부도 손아귀에 들어왔다
카드는 대출도 한다

민초들과 정부가 금융비용으로 허덕일 때
지배층의 금고에는 사임당이 가득하고
발행권은 울고 있다

컨설팅

무슨 컨설팅
무슨 컨설팅
세상에는 컨설팅도 많다
두 개 아는 사람이
한 개 아는 사람 앞에서 컨설팅도 하지만
열 개 아는 사람 앞에서 하는 경우는 더 많다

두 개 아나
열 개 아나
자본의 행동대원이지만

허풍

생존의 기초인 먹고 싸는 것은
단순하다
자연에서 공급 받고 자연으로 내 보낸다
그 외는 부가적인 것인데
허풍이 많다

눈먼 욕망이 허풍에 걸려들면 거들난다
개인도
국가도 거들난다
평생 먹고 싸는 것을 보장 받은 공직자들은
거들이 나도 눈을 감는다

태풍이 지역에 따라 허풍이 되었다

헌법 제15조

"모든 국민은 직업선택의 자유를 가진다."

선택의 자유는 있지만 팔려 다니는 직업이 있다
힘 센 자들은 나날이 권익을 늘리는데
위촉
100% 성과등급제
해촉
날품팔이로 인생을 도급당하다가
끝내는 팔려 다니는 직업이 있다
목숨까지 끊는 경우도 있다

팔려가는 인생은
탄식도 못 받은 채 묻힌다
겹겹이 축적된 수탈인프라에
회사의 책임은 없단다

가방 끈 긴 사람들이
촘촘한 법망에
치밀한 자본에
자신의 입지에 종노릇하지
헌법 속에 밀폐된 그대들에게는
관심이 없다

헌법 제21조

"통신, 방송의 시설기준과 신문의 기능을 보장하기 위하여
필요한 사항은 법률로 정한다."

여기도 먹방
저기도 먹방인데
골목에는 파리가 날고
어제도 완판
오늘도 완판인데
점포는 날마다 운다

여기도 전문가
저기도 전문가인데
가짜가 판을 치고
개판까지 뜨는데
노예는 왜 그렇게 많은가

높은 연봉은 이 바닥에서도 자랑을 하고
민초들은 신음한다

헌법이 갑 질까지 보장할까

헌법 제31조

"국가는 평생교육을 진흥하여야 한다."

문맹이 많던 시절 학교는 사다리였다
논을 팔아서라도
소를 팔아서라도 학교에 보냈다
주경야독을 해서라도 학교를 다녔다
세월이 흘러도 학교는 희망이다

그런데 입씨름의 진원지 역할도 한다
농부를
어부를
광부를 모르면서
노숙인을
1인 사장을
불가촉의 민초들을 외면하면서
엉터리 학문을 배설하기도 한다

설상가상으로 그런 곳에서 평생 배우라고
조문으로 박아 놓았다

헌법 제32조

"모든 국민은 근로의 권리를 가진다."
"모든 국민은 근로의 의무를 진다."

권리이자 의무인데
누가 근로를 가져갔는가
거리에서
시설에서 생활하는 자들의 일거리를
누가 빼앗아 갔는가

일을 할 수 있는데
복지로 덮어씌우는 것은
또 무슨 횡포인가

헛발질

토지로만 경제가 돌아가던 시절에는
수탈 하는 자와
수탈당하는 자가
한 눈에 들어왔다

금융이 있고
법인이 생기고
자본의 도구들이 늘어나자
수탈도 다단계가 되었다
먹이사슬의 정점에 있는 금융을
다스리지 않고
경제를 논하는 것은 헛발질이다

의식주

의
식
주
생존의 기초인 의식주가 내 손을 떠나는 순간
소비자로 전락되고
노예의 길로 들어선다

국가가 생산수단을 가지고 있는 사회에
자유가 없다고 그렇게 비난했던 우리가
자본에게 통째로 바치고도
자유와 창의가 넘쳐난다고 우쭐댄다

제 **5** 부

해원

공범

복용이 아니라 투약이다
먹기 싫은 것을 억지로 먹인다는 것인가
의식을 치르는 것이
마루타 같다

누구를 위한 투약일까
시설?
가족?
관계자?
사회?
국가?

격리

예수가 거리에서
걸인이나 아픈 자와 같은 약자들을
섬기던 보살행이
복지로 진화되었다

예수가 여기에 재림한다면
천국이라고 할까

아우성

혀를 움직이는데
말이 없다
빠르게 움직이는데도
말이 없다
쭈그리고 앉아 있으면서도
아무 말이 없다

아우성을 치는데도
아무도 관심이 없다

고백

노예들이 일하다가 죽는 경우가 있었지
오늘날도 걸핏하면 죽는다
잘 산다는 배달의 나라 구의역에서
태안발전소에서
업소에서
실습장에서
밤중의 귀가 길에서

자본이 적이라고 앞 다투어 말하지만
자본의 종이라고 고백하는 사람은 아무도 없다
공직자도
자본가도
경영인도
법조인도
학자도
언론인도
성직자도
정규직도

꿈적도 않는다
수탈의 끝은
민초들의 죽음인데

노예

어두운 시절
몸값이 높아 속량은 엄두도 못 내었다
관노는 품삯도 없이 국가에 착취당했고
사노는 지배층에 착취당했다

세상이 밝아져
법으로는 노예제가 없어졌다고 하나
노예가 천지에 깔려있다
술집에서 서빙을 하는 사람에게
임금을 주지 않고 팁을 받게 하는 형태나
법인이 일당은커녕 밥값도 주지 않고 일을 시키는 것이나
소사장제나
1인사장제나
100% 성과등급제나
다 노예제다
현대판 노예제는 우아하게 사장 호칭을 붙여
노동착취에다 비용까지 전가시킨다

속량이 어려운 것은
노예라는 사실을 모르는 것이다
얽매여서 시간을 낼 줄도 모른다
잘라먹어도 먹힌 줄을 모른다

도급

민초들에게 수단은 하나다
육체든 정신이든
노동으로 밥벌이를 한다
같은 노동인데
어떤 이는 정규직
어떤 이는 파견
어떤 이는 비정규직
어떤 이는 1인 사장
누가 이들을 계급화 했는가

열심히 아래를 옥죄다가
1인 사장에게는 도급으로 옥죈다
비용을 전가하고
책임을 떠넘기고
위험까지 얹어서 노예로 내몰아
팔려 다니는 신세로 전락시킨다

이

망가졌다
표정 없는 얼굴들의
이가 망가졌다
죄 없이 갇힌 자들의
이가 망가졌다
지능이 낮아서 갇힌 자들의
이가 망가졌다
울타리가 없어서 갇힌 자들의
이가 망가졌다.

분노의 눈빛이
체념의 눈빛이
이가 없는 잇몸이 옹알이를 한다

절망은 언제나 약자들의 몫
복지가 감옥이다

우리 동네 투표율

투표장에 오지 않는 사람들
어디에 있나 했더니
더러는 산과 들에
더러는 잠자리에
더러는 바다에
더러는 해외에
더러는 시설에
더러는 길거리에

그보다도 정신병원에 무더기로 있더라

순장

권력은 죽으면서
수족을 생매장했다

자본은 살아서 순장을 양산한다
급매
급매
급매
월세
월세
월세

그래도 국가는 태평하다

종 몰이

종국에는 빈털터리이다
시간 차이가 있을 뿐
누구의 종인 줄도 모르고 평생을 허우적거리다가
정신을 차려 고개를 들면
벌써 황혼이다

종으로 인도하는 자는 빌붙어 살고
고개를 든 자는 고달프고
꼬리를 내린 자는 거세된 채 살아간다

예나 지금이나 밥벌이는 치열하다
종 몰이의 이름만 다를 뿐

질곡

이전의 노예는
이동과 선택의 자유가 없었다
오늘날은 어디를 가든 제한이 없고
선택의 자유도 있는데
곡예를 하듯 바쁘게 움직일수록
허덕인다

1인 사장은 참으로 편리하다
규모가 클수록
이익을 많이 낼수록
1인 사장을 많이 거느리고 있는데
임금을 주지 않고
비용을 전가시키고
책임을 떠넘기고
위험에 내몰아도 노동법에 걸리지 않는다

이익은 1인 사장의 피눈물이고
세금은 수탈의 증표인데
국가는 앉아서 자본이 주는 세금에 감읍한다

찰떡

찰떡 케이크를 바리바리 싸서
먼 길을 달려
표정 없는 얼굴들과 함께 둘러 앉아
생일축하 노래를 합창했다
축하를 받은 동생이 촛불을 끈 뒤에
케이크를 나누어 먹다가
찰떡이라고 제지를 당했다
표정 없는 얼굴들이 눈치를 보며
제법 큰 덩어리를 한 입에 얼른 밀어 넣고
제자리로 줄행랑을 쳤다

지능이 낮아 목에 걸린다나
미물도 제 먹이는 삼킬 줄을 아는데

공동주택

연립주택
빌라
아파트
오피스텔
원룸
세월 따라 자본이 이동한 경로를 추적해 보면
민초들은 언제나 밥이다
용적률 100% 집은 분양 공간만큼 땅의 지분이 있어서
그런 대로 굴러가겠지만
용적률 1000% 집은 분양 공간을 열 개로 쪼개어야 하니
평생 비싼 이자 물어가며 장만한 집들이
급매로 추락할 날은 불을 보듯 뻔하다
빌라의 급매시대에 이어
아파트 급매시대로 진입하게 되면
그 소용돌이를 누가 감당할 것인가

밥벌이도 자본이 독점했는데
집마저 점령당했으니
민초들은 노예가 될 수밖에

헌법 제35조

"국가는 주택개발정책 등을 통하여
모든 국민이 쾌적한 주거생활을 할 수 있도록 노력하여야 한다."

헌법에 주택개발정책을 삽입한 자는 누구일까
자본일까
정치인일까
관료일까

지하에서
길거리에서
찜질방에서
피시방에서
만화방에서
고시텔에서
비닐하우스에서
판자집에서 생활하는 사람들은 어느 나라 국민일까

후기

후기

쓰지 않으면 견딜 수가 없어서 글을 썼다. 무슨 장르인
지도 모른 채 울분을 토해내었다. 글이 너무 딱딱한 것
같아 수필에 기웃거리다가 운율을 입혀보았더니 쏟아내
고 싶은 것들이 그럴듯하게 직조되어졌다. 한 권으로 엮
어 세상에 내보내니 만감이 교차한다.

　나의 삶은 아들신앙으로 똘똘 뭉친 집안에서 여자로
태어난 순간부터 저항이 잉태되었는지도 모른다. 크고
작은 차별이 일상인 분위기 속에서 골똘히 생각하는 경
우가 많았고 실업계고를 졸업하고 대학에 입학한 일은
생사를 건 투쟁의 결과였다. 졸업 후에는 5년 정도 회사
생활을 하고 결혼을 하였고 2년 만에 삼성생명에서 보
험설계사를 시작하여 26년간 세상과 호흡하면서도 부조
리한 것을 그냥 지나칠 수가 없었다. 솟구치는 저항의
삶 속에서 나와 가족을 돌보는 일들은 참으로 버거웠다.

　밥벌이로 시작한 보험 일에 사명이 붙어 여기에까지
왔다. 보험과 씨름했는데 금융, 화폐, 경제, 민생, 국가,
국방, 언어 등 온갖 세상사가 고민으로 와 닿았다. 고민
을 시로 녹여내기까지 고독은 이루어 말할 수가 없다.

　첫 아이를 낳았을 때 자궁을 가진 내 몸이 자연이라는
것을 깨달았다. 생명 그 자체는 자연이고 생식하는 일도

자연임을 알게 되었다. 또 가까운 이들의 죽음을 겪으면서 생노병사도 자연이라는 것을 깨달았다.

성스러운 자연 앞에 종교가, 이념이, 정치가, 교육이, 자본이 장막으로 버티고 서서 혹세무민하는 것이 보였다. 자연이 거세당한 민초들은 신음으로 나날을 지새우고, 민초들을 수탈하여 기생하는 자들은 도리어 민초들을 잉여인간 취급한다. 수탈도 구조화 되어 있다.

구조적 수탈을 걷어내고자 하는 몸부림이 시가 되었다.

배순정 발자취

- 1963년 경남 남해 출생
- 부산남여자중학교 졸업(1979)
- 부산남여자상업고등학교 졸업(1982)
- 부산외국어대학교(회계학) 졸업(1987)
- 태광실업냉동수산사 입사(1987~1991)
- 현재 삼성생명 보험설계사(1994~)
- 재부남해군향우회 여성사회복지분과위원회 위원장 및 이사 역임(1999~)
- 민주당 노무현 대통령 후보(2002)
 '부산선거대책위원회' 전문위원
- 열린우리당 발기당원(2003~)
- 경화서원(사서삼경 및 중용사상연구) 회원(2006~)
- 사)한국편지가족 회원(2007~)
- 재)사람사는세상 노무현재단 회원(2013~)
- 사)인본사회연구소 회원(2013~)
- 김대중 부산기념사업회 이사(2014~)
- 우리겨레하나되기 부산운동본부 회원(2015~)
- 부산외국어대학교 총동창회 부회장(2015~)
- 새로운 100년을 여는 통일의병 회원(2016~)
- 부산참여연대 회원(2019~)